校長跟你說

何元亨 著

自序

這些年來，我期許自己成為學生的大玩偶；期許自己成為學生的「麥當勞叔叔」；期許自己成為學生的「肯德基爺爺」。不管我想扮演的角色是什麼？學生總當我是「校長」，因為是校長，免不了對學生時刻的叮嚀；有時過了頭是叨念。

學生在學校生活與學習，總會歡笑、生氣、哭泣、沮喪……孩子之間總會鬥嘴、吵架、嘔氣……面對他們的一切，通常，我會正面鼓勵與管教。偶爾，情急之下，也會提高音量喝止他們不當的行為。我也喜歡和學生聊天，了解他們的生活與學習，試著走進他們的內心世界。

這本書，記錄我經營學校的事蹟，也記錄我與學生相處的時光：有時候，我會主動和他們分享校園內有趣的人事物；有時候，是我對他們的殷殷教誨。我試著以活潑的方式，貼近學生的生活語言，作為互動的模式。

這本書，每一篇文章內容相當簡短，但是，每一篇都是一個真實的故事。書中的「你」或「你們」，都是我的學生，並沒有特定的人物，低、中、高年級都有可能。可能是男生，可能是女生，「你」或「你們」都是我要叮嚀或叨念或分享的對象而已。

希望讀者自己體會與感受，也許你就是我書中的主角，期待獲得你的迴響。

何元亨　於蘆洲

CONTENTS

收心

開學了，收心吧！看你若有所思的樣子，還不習慣開學的日子嗎？

「校長，我跟你說，我每天都睡到自然醒ㄟ。」孩子的笑容，如綻放的杜鵑。

「真好，完全不必擔心遲到。那你的家人呢？」我也笑著說。

「家裡只剩我一個人！他們都去上班了。」他坦率地回答。

「那多無聊啊！你不覺得嗎？難怪，你看起來跟以前不一樣，放假前，你總是活力滿滿，常常在操場看見你打球、遊戲、奔跑。現在，你看起來無精打采，不像我認識的你。」我心裡浮現一絲絲不捨。

開學了，一切恢復正常吧！生活作息要恢復到以前上課的樣子。我知道，短時間要讓你收心，真的有些困難。不僅你們如此，我和老師們也是啊。已經習慣長假的悠閒，突然要轉變成上班上學模式，鐵定不習慣。但是，我要跟你說，每一天的生活總要有些目標，這樣，才會覺得有趣。

看見你長高長壯，這就是我喜歡當校長的動力。目前，也許你覺得上學是一種無形的壓力，過一段時間後，相信你會慢慢習慣的，就像以前一樣。

「校長，我跟你說啦！為什麼他們不選我當班長？」孩子的語氣聽起來有些不服氣。

「那……你當什麼長？」我好奇地問。

「衛生股長啊！」他提高音調回答。

我說：「我知道你不服氣，以你的能力和人際關係，應該被選上班長才是。這樣的感受，我讀小學的時候也曾經有過。」你問我怎麼調適自己的心情？我回想許久。

「記得我也難過一陣子，後來，我努力扮演好自己當股長的角色，記得那時候，我當風紀股長，可以幫老師管理班上的秩序。還有，我可以站在講臺上，盯緊每一個同學，提醒他們不要聊天，還可以在黑板上記下表現不佳的同學名字。這樣的待遇可威風了，不過，也容易得罪人就是。」

我接著說：「除了扮演好風紀股長外，我也認真的參加班上活動，努力讀書，讓學業成績表現更好。當同學需要人幫助的時候，我會立刻伸出援手，我要讓同學們知道我是有資格當班長的。」

你問我努力多久喔？

「真的很久啊！一直到六年級，同學們終於願意選我當班長了，那是我小學階段美好的回憶之一。到現在，偶爾想起這件事，我都覺得欣慰。」

來練球啊

在穿堂，看著孩子揹書包，排好路隊，我隨口問：「怎麼不來練球呢？籃球隊放學後要練球喔。」

他笑了笑，為難的表情，我可以看出一些端倪。

他說：「放學後，要去安親班，所以，我只能練早上的時間。而且，媽媽怕我成績退步，不能花太多時間在籃球上。」

「喔喔喔……打籃球會讓你成績退步喔？可是，球隊裡有人成績表現不錯，甚至是前五名喔。你可以請教他怎麼做到的！」我有點納悶。

我繼續說：「喜歡打籃球的孩子，也可以把書讀好啊！我知道你的父母親上班很辛苦，希望你將來比他們過得更好。因此，你必須到安親班寫回家功課，在安親班寫更多的試卷，才能在期中或期末考試，獲得更好的成績。我想跟你說，如果練球練到下午5時30分，你回家洗過澡吃過晚餐，開始寫功課或練習卷或參考書裡的試題，必須犧牲看電視、玩電動的時間，不知道你願不願意？和大家一起練球，可以培養團隊紀律，可以讓你的身體越來越健康。如果有機會參加比賽，更可以和外校的孩子切磋球技，輸球或贏球，都會讓你有所成長。」

他聳聳肩，眼神流露出不置可否的訊息。

活動中心

「活動中心施工，請問你們會不會覺得吵？」我在工地隔壁棟三樓走廊看見一群孩子盯著四樓興建中的活動中心。

他們七嘴八舌地說：「校長，上課的時候，聽到敲敲打打的聲音，真的有點吵。不過，老師說再忍耐幾個月，就可以享受全新的活動中心了。」

「啊！那你們知道活動中心是什麼嗎？」我接著問。

「知道啊……老師說過了，可以在裡面上體育課，以後我們的畢業典禮也可以在裡面舉辦。」

「還有嗎？還有人要說說看嗎？」我笑著問。

頓時，他們稍微安靜下來。彼此相望，不知道要說什麼？有個女生舉手說：「我記得老師好像說過，從十年前，學校就說要蓋活動中心了，一直拖到現在。」

我掛著笑容，摸摸女生的頭，給她比了個讚。

「校長跟你們說，活動中心確實從十年前開始規劃，以前的校長很努力爭取工程經費，恰巧，我來這裡服務，開始動工。明年，這個時候，你們就可以在裡面活動囉！」

他們的笑容更燦爛了，直說著：「謝謝校長……校長再見，我們要去樓下玩了。」

新籃球場

「校長，要不要跟我們鬥牛？我們可以讓你喔。」幾個男生大聲吆喝著，看他們汗如豆珠，順著臉頰流下來。

「哈，我老了啦！怎麼有體力跟你們鬥牛。我在旁邊看就好。」我和幾個等著下場的男生，靜靜地站在籃球架邊。

一個男生回過頭看著我說：「校長，我覺得很不公平，你蓋了新籃球場，我們只剩下不到一年的時間可以使用，真是的，你都不早點來！」

我苦笑著。想起去年剛到這個學校服務，籃球場和操場內球場的PU漆早已斑駁脫落，操場跑道PU顆粒早已磨平，我心裡想著要在最短時間內，重新整修，讓孩子有更安全的活動空間。

「你看跳球圈那兒啊！有沒有發現什麼？」我接著問那個男生。

「校長，你考我喔？那是我們的校徽，好炫喔，怎麼畫的？」那個男生大笑著說。

我點點頭，摟著他的肩說：「那是人工畫的，我拿校徽圖樣給兩個師傅，照著圖慢慢描邊上漆，這樣，有主場的FU，對嗎？」

「主場？喔……對啊，這是我們的主場，輪到我們鬥牛了。校長，你留下來看喔。」那個男生笑得更開心了。

拆圍牆

怪手開到圍牆邊的小巷子，隆隆……喀喀……的聲音，吸引圍牆內正在遊戲的孩子們駐足。

「啊……哈……校長好酷喔。」一個女生邊尖叫邊大笑。

「妳說我喔，我是帥不是酷，好不好？」我也笑了。

「不是說你酷啦，我是說拆學校很酷，我第一次看到拆學校ㄟ，真是太酷了。哈……」女生止不住笑意。

我盯著怪手，一鏟一鏟敲掉圍牆，挖起破碎的紅磚和夾帶著鋼筋的水泥塊。

回過頭對那個女生說：「不是拆學校啦，只是拆圍牆而已，我怎麼敢拆學校，拆了學校，妳要去哪裡讀書啊？哈！」

「一樣啦，一樣啦，拆學校就是拆圍牆；拆圍牆就是拆學校。校長，你慢慢看喔，這裡太吵了，我們要去籃球場玩了。拜拜！」

那個女生一邊說著一邊雀躍著跳步走。

我想應該有許多孩子，從來沒有這麼近距離看過怪手，更別說看過怪手拆圍牆了，孩子很興奮。其實，我更興奮；舊圍牆邊的小巷弄是私有地，長期被汽機車占用，學生無法沿著圍牆邊步行上下學，等新圍牆蓋好，再鋪設人行道，就了卻我一樁心事了。

遠遠地看著那個女生的背影，彷彿還聽到她的笑聲。

蔚藍跑道

下課時間，我走在四樓走廊俯瞰全新的操場，蔚藍跑道像人一樣沉靜地睡著，等待跑步的人們喚醒。陽光灑在她的身上，翠綠映襯她的蔚藍，一整排的綠守護著她，抵擋高聳的水泥叢林入侵。橢圓形的場地是她的宿命，分道線是她的使命。太陽露臉時，右眼看到陰影，左眼看到光明。等待下雨時節，她便化身成漂漂河，跑道變成河道，那又是另一番美景。

我慢慢走進操場，看著孩子們盡情的在跑道上追逐，開心的在內操場打球、遊戲……

「校長，跑道為什麼變成藍色的？以前是紅色的喔。為什麼要換成藍色的啊？」小女生一臉疑惑地看著我。

我仔細看她運動服上的名牌，原來是二年級的孩子。

「哇！妳好棒，還記得以前的跑道是紅色的。妳一年級的時候，跑道是紅色的，妳現在二年級，跑道變成藍色的，妳喜歡紅色還是藍色呢？」我看著她，期待她的答案。

她低下頭來，看起來在思考我的問題。

「都喜歡啊！藍色的很漂亮，紅色的也很漂亮。現在跑起來感覺跑道軟軟的，以前跑起來，跑道很硬，而且一不小心就會滑倒。我超喜歡現在的跑道，真開心。」

不要在走廊奔跑

下課時間，走廊似乎成為室內跑道。

你喜歡在這裡跑，我知道是因為筆直寬敞的走廊，不奔跑有點可惜。但是，你忽略了，走廊是給人走的；跑道是給人跑的。我也常常叮嚀：在有屋頂的地方絕不要奔跑，就算在操場奔跑，也要注意自己和他人的安全。

我經常在兒童朝會宣導，不要在走廊及教室內奔跑。撞到別人或被別人撞到，一定會受傷。不管是誰受傷，我都會覺得難過。為了遏止你不要在走廊奔跑，我甚至利用下課時間到走廊站崗或巡視，只要一發現你奔跑，我一定大聲喝斥，並且陪你在走廊罰站一段時間。路過的人看見了，總會放慢腳步，暫時不敢再奔跑。

可惜，我沒有辦法每一節下課都到走廊站崗或巡視，只要你沒看見我的時候，你總忍不住筆直走廊的誘惑，不由自主地跑了起來。幸運的是你不曾跌倒不曾撞到人，萬一，跌倒或撞到人，那就不妙了。

我常常跟你分享曾經看過在走廊奔跑相撞的情景，不但得送健康中心，而且浪費下課時間，還得經過一段日子的療傷，真的是得不償失。這樣的分享，如果你沒有親身經歷，永遠無法體會我的擔心。

不要亂丟垃圾

我內心希望學校的每一個角落乾淨整齊，這樣，每天在學校生活才會覺得開心。

偏偏學校種植了數不清的樹木，不定時飄落永遠掃不完的落葉。落葉是樹木送給我們的禮物，我還不覺得髒亂，只要在下午的掃地時間掃乾淨就好。我比較無法忍受的是你隨手丟棄的糖果包裝紙、塑膠袋、吸管、紙屑……那些不屬於自然界的垃圾。

我常常叮嚀你，自己製造的垃圾自己清，你可以暫時握在手裡，放在口袋裡，等回到教室後，再丟進垃圾桶。或者，直接拿到垃圾場丟掉。總之，不要隨手丟棄在你走過的路線，只要你丟了，沒有人撿，垃圾就永遠不會消失。

有時候，我也會拜託你撿起校園內的垃圾，你會很聽話的撿起來，卻也嘟著嘴告訴我又不是你丟的，為什麼要你撿？是啊！不是你丟的，為什麼要你撿？我也覺得沒有道理。可是，我真的沒有看到是誰丟的？如果讓我看到，我一定會要求丟垃圾的人撿垃圾。當然，如果你堅持不撿，就只好我來撿了。

其實，我常常在撿垃圾，撿垃圾是一件相當有成就感的事情，每撿完一張糖果包裝紙，我都覺得校園變得更乾淨了。但是，總有撿不完的感覺。我也很想問你：老師沒教嗎？

畢業生祝福詞二則

畢業祝福之一

敬愛的畢業生，大家晚安：

恭喜你們，就要變成大人了。記得三年前，我們第一次碰面。那時候，你們好可愛。現在啊，你們還是好可愛。

今晚，我們要享受最甜蜜的時間。要好好的珍惜最後這兩個多小時。過了今晚，你們就變成校友了。下一次，我們再團聚時，不知道要等到什麼時候了？我會常常想念你們的。

等一下，你們要唱的畢業歌：〈起風了〉。以後，要記得，起風的時候，你們一定會想起國小的生活。在我的心目中，你是最棒的。加油，你是最棒的。

一千多個日子以來，我每一天都會對你們碎碎念。你們應該覺得我很囉唆。三年來，我一天一天看著你們長大。你們一天一天看著我的頭髮越來越白。但是，我的內心非常高興，因為你們是我們國家未來的希望。也因為你們是我們國家未來的希望，所以，我不要祝你們一路順風。太過於平順的人生，一點都不好玩。我要祝你們一路逆風。希望你們像風箏一樣。想要飛得更高更遠，就要逆風飛翔。

今晚，我不要再碎碎念。就讓我們一起開心地唱歌吧，期待再相會！祝福大家，感謝。

畢業祝福之二

各位「搖滾畢業生」大家晚安，大家好：

現在，外面正下著雨，連老天爺都捨不得我們即將分離。

我常常在想：「如果我們不曾相遇」，又怎麼能擁有共同的美好！「當我們一起走過」「今年夏天」，你們即將描繪屬於自己的「夢想藍圖」。幾年後，你們一定會記得「那些年」在國小的青春歲月。

一年多前，你們才剛升上五年級，真剛好，我也到這裡來，就這麼「剛好遇見你」。那個時候，每個女生都是「公主小妹」，現在，每個女生都變成了「姐的時代」；那個時候，每個男生都是「我的男孩」，現在，一個一個的「花甲男孩轉大人」了。說真的，真心話啦！認識你們，是我一生中最大的「小幸運」。

一年多來，我偶爾會在籃球場上「等你下課」，看著你們打籃球的樣子。等上課鐘一響，你們頭也不回的「說散就散」，只留下我「大壯」的身影。一年多來，偶爾也會聽到你們唱著「不為誰而做的歌」，我總喜歡靜靜的看著你們臉上掛著「有點甜」的笑容。就算有些人「真愛找麻煩」；在走廊奔跑，不小心和同學吵架，甚至帥氣地說：「有些事現在不做，一輩子都不會做了。」我和所有的老師們總是無限地包容你們，因為我知道「我們不一樣」。

每天，我都會關心地問：「你，好不好？」；每天，我都會送給你們許多的「告白氣球」，關心地問：到底你們的「青春住了誰」？有時候我也會擔心，擔心你們像他們一樣，他們怎麼樣呢？「他們在畢業前一天爆炸」。因此，有時候我會大聲的對你們說話，你們都說我很兇地開罵。現在，你們應該相信；我是「愛你」的，「我多喜歡你，你會知道」，你們都是我心中一朵朵燦爛的「星火」。

今天，你們就要畢業了，畢業不是結束；而是另一段旅程的開始，明天，就是你們「終於結束的起點」。「歲月這把刀」暫時切斷我們的感情線，拜託你們千萬不要無情的「不曾回來過」，我會期待「下一個天亮」，再度與你們相聚。人生的道路很長，我們都擁有一個「人生無限公司」，我要告訴你們：這一站，「煎熬」；「下一站，幸福」。過了今天，你們像是「漂向北方」的「風箏」，不管「後來的我們」會變成什麼？不管你在哪裡？我想祈求老天爺，時時刻刻「讓我留在你身邊」保護你，叮嚀你。不管如何？「I Will Carry You」，我會支持你！

最後，祝福你們像天空中的風箏一樣，一路逆風，翱翔天際！

掃廁所

「怎麼地板都是水啊？你們在玩水喔！」我控制不了自己的情緒，語氣相當激動。

掃廁所的孩子，暫停動作，看著我，水汪汪的大眼睛，帶著些許驚恐。

「沒有啊，校長，我們沒有玩水，我們在掃廁所。你誤會我們了。」男生隨口回答。

「地板都是水，一不小心就會跌倒，我很擔心。上次，就有人跌倒，牙齒斷了三顆，非常危險啦。」我開始叨唸。

「校長，你不要擔心，我們在洗小便斗和大便坑，當然要沖水啊！你沒看到我們把鞋子脫掉，怕鞋子弄濕，也會怕滑倒。我們真的沒有在玩水喔。」這次，回答我的是一個女生，看她的頭髮有點濕，應該是不小心噴到水了。

我接著說：「你們都不懂我的心情，你們到學校來，我有義務也有責任保護你們，隨時都得注意，不要讓你們受到一點點傷害。我把你們當自己的孩子，當然會擔心啊！」

掃廁所是一件危險又神聖的工作，廁所應該是外掃區最髒的地方，常常要憋氣忍受排泄物的惡臭，既要掃得乾淨又要注意安全。

我一直很佩服也感激願意負責掃廁所的孩子們！

掃狗屎

「很噁心，真的很噁心！也不知道誰養的狗，到處在人行道大便，被路過的人踩了一遍又一遍，這要怎麼掃？」兩個男生邊掃邊念，最常聽到的是「噁心」兩個字。

我走了過去，對他們傻笑。

「校長，小心！別踩到狗屎！」一個男生突然大叫。

「好啊，謝謝你提醒，不然，我的鞋底就沾到狗屎了。」

另一個男生正準備把畚斗中的沙子覆蓋在狗屎上時，停下他的動作，回過頭告訴我：「不是啦，校長，我們是怕你把狗屎踩扁，又踩得到處都是，真的不知道該怎麼清理？」

「好好好，原來如此！還是謝謝你們提醒我。」

在學校周邊人行道，早晨或黃昏，都會有人遛狗，大多數的飼主都會隨手清狗屎，留下狗屎的飼主畢竟是少數。我在猜，或許是流浪狗也不一定，或許是利用半夜來人行道「解放」的，誰都無法阻止。

我感慨地說：「孩子啊！辛苦你們了。你們在家裡一定不曾清掃過狗屎，只有在學校，才有機會讓你們體驗這種事。就像掃廁所的孩子一樣，要清理留在大便坑裡的糞便，說實在的，真的像你們說的很噁心。謝謝你們的勇氣，讓學校變得更乾淨。」

又輸球了

「校長，我們又輸球了啦！」女籃隊的孩子們帶著沮喪的語氣，每個人臉色都很難看。

賽後，我使勁為她們鼓掌。

「沒關係，哪有人可以一直贏球？從來都不輸球的。贏球雖然開心，輸球也不需要難過。輸贏之間，都要檢討，球賽過程往往比結果更令人值得回味。」

女籃隊的孩子瞪大眼，以為我會相當失望，以為我會責備她們為什麼輸球？

「可是……校長，我們如果一直輸球，不是會一直打擊我們的信心嗎？我們也會越來越沒有成就感？」女籃隊的孩子說。

我點點頭，並笑著說：「妳們想要贏球，那就要更認真的練球。平常，練球的時間，好多人都說要去安親班，要去補英語……甚至，有人覺得累，有一天沒一天的練球，當然，無法順利培養全隊默契，也無法讓自己的技術更進步。你們剛才罰球的時候，進球率很低，這是可以透過不斷練習，讓罰球更準的。」

一群孩子，邊擦汗邊嘮叨，嚷嚷著從今以後要更努力練球。

「校長，如果我們拿冠軍盃回學校，你會怎樣？」

「那我一定會開心好幾天喔，希望妳們真的可以做得到。」

捐髮

我在走廊上遇到一個三年級的女生，烏溜溜的長髮披肩，我忍不住好奇的問她：「美女，妳的頭髮好長啊！什麼時候要去剪短一點呢？剪短一點，比較涼快。」

她回過頭來：「校長，我媽媽說還要再留長一點。」

「啊！為什麼？」我瞪大眼看著她。

她很開心地說：「我要留長一點，再把頭髮捐出去，媽媽說要捐給癌症協會，讓生病的人也可以擁有真人的頭髮。」

我語塞了。這麼小的孩子，在媽媽的指導下，願意留長髮，慷慨地捐給需要的人。我怎麼能不佩服她？

「妳好棒！等妳捐完頭髮後，要來辦公室跟我分享，我真的為妳感到驕傲。」我叮嚀著。

「好啊好啊！可是還要很久喔。我一定要留長點，可以幫助更多人，這也是我能幫助別人的一種能力。我可以做到，也願意這樣做。」她收起童稚的笑容。

她接著又說：「校長，我跟你說，我從幼兒園就開始捐頭髮了，現在進入第五年了喔。」

「啊……妳好棒。我應該向妳學習，快去玩吧。妳真是個好孩子。」我腦海中想像她幼兒園的模樣。

露臺彩繪

鄰近圖書館的露臺，有好多支灰色的水泥柱，我幻想著把露臺變成湖泊和綠茵，把水泥柱變成大樹，大樹上有許多生物。

孩子拉著我的手到他班上負責彩繪的柱子邊。他說：「校長，你看我們畫的樹，柱子四個牆面都有一棵樹，我們在上面畫了貓頭鷹、蜥蜴、松鼠、甲蟲……」

孩子一一的介紹班上的作品，我仔細地聆聽，幻想著大樹和動物們的形象。

「你不會擔心貓頭鷹會把蜥蜴吃掉嗎？哈！」我俏皮地說。

「哪會！我們的貓頭鷹很乖的而且是吃素的，校長，你都沒有想像力喔，所有的動物會在樹上和平相處，不要想現實生活會發生的事情，這樣，太殘酷了啦！」孩子說著他的想法。

感覺被孩子數落了，不過，孩子說的有道理。生活中缺乏想像，是多麼枯燥無味啊。孩子的世界本來就該充滿想像，生活中的人事物，可以有無限可能，只要孩子認為有可能發生，就一定會發生，這是很美好的境界。我應該向孩子學習，學習在想像的大海中遨遊。

接著，我帶著無限的想像，參觀每一支水泥柱。心境轉換後，水泥柱的生命力更旺盛了。

普渡

中元節下午，我和校內同仁還有家長會的夥伴，準備餅乾、飲料、香燭、紙錢……在穿堂祭拜好兄弟，祈求人員平安順遂。

在穿堂旁的空地，孩子停下剛轉動不久的扯鈴，好奇地問我：「校長，為什麼學校要拜拜啊？」

我想孩子要問我的應該是學校可以燒香燒紙錢嗎？我不是一直向孩子宣導節能減碳愛地球的觀念，怎麼還帶頭做不好的示範。

「中元普渡是民間習俗，我們學校也要尊重。舉辦拜拜儀式，是為了祈求我們學校的學生、老師和家長平安。你家人有拜拜嗎？」我跟孩子解釋拜拜的用意。

他點點頭。臉上依舊帶著些許狐疑的表情。

「校長，我覺得燒紙錢會造成空氣汙染，我也跟媽媽這樣說，不過，被媽媽念了一頓，她叫我不要亂說話。」孩子委屈地說。

真的被我料想到孩子真正的問題了。

「對啊，燒紙錢真的會製造汙染，確實不好。可惜民間習俗就是如此，但現在有很多寺廟慢慢修正，提倡減香減紙錢，甚至不燒香不燒紙錢。我以前曾經跟你們說過：做一件事，像一件事。既然我們要拜拜，就要尊重拜拜這件事，也就是尊重民間習俗。我們準備環保香和紙錢，希望，將來有一天，民間習俗可以變得更環保。」

大隊接力

運動會前夕，蔚藍跑道上，孩子全力衝刺的身影，一個接一個，未曾間斷。就算只是練習，也感染孩子緊張的情緒。單數棒和偶數棒的休息區，三三兩兩的孩子或站或坐。

「校長，運動會那一天，拜託你要為我們班加油喔！」在休息區的孩子雙手合十，非常誠懇地說。

「好啊！好啊！我會努力為每個人加油。」我笑著說。

「校長，你知道嗎？其實，我好羨慕可以參加大隊接力的同學。我也好想跑看看，可惜我的速度太慢了，一直沒辦法代表班上對外比賽。我真的好羨慕他們喔。」孩子悠悠地說。

聽了這番話，似乎也觸動我內心深處的遺憾。我看著孩子，想著該說什麼話來安慰他……

「對啊！我以前也很羨慕可以跑大隊接力的同學。我的問題跟你一樣，跑步速度很慢。我一直都是啦啦隊，為大隊接力的同學加油。說真的，我也好羨慕可以跑大隊接力的同學，這是我的夢想。等我當老師後，才有機會參加學校運動會舉辦的大隊接力，和家長會、志工隊的大人比賽。」

他抬頭看著我：「那我以後也要當老師，原來，當老師就可以跑大隊接力了，我要好好努力。」

拔河

「殺、殺、殺，一、二、殺……」

熟悉的聲音從操場傳進辦公室，我暫時擱下手邊的工作，快步走到操場。

「校長來了！校長，你會不會拔河啊？拔河好刺激喔。」才放下拔河繩的孩子問我，看他氣喘吁吁的模樣真是可愛。

「會啊！會啊！我從小學就學會拔河了，還有跟別班比賽，甚至代表學校對外比賽。好刺激，好累人。」我忍不住笑了出來。

只要說起拔河，我就有止不盡的笑意。拔河可是我的強項，因為我是胖子，光是體重就讓對手拔得相當辛苦了。何況，老師還有教我們拔河的技巧。那時候，我們班是全年級拔河冠軍，也代表學校參加教育局舉辦的班際盃拔河比賽，不過，很快就被淘汰了。

孩子拉著我的手：「校長，來跟我們一起拔拔看啊！」

我爽快地答應：「好啊！找老師一起來，我和你們老師各站一邊，來比賽囉。」

還好，老師也願意配合我的要求。我們找了隔壁班的體育老師當裁判，當哨音響起！

「殺、殺、殺，一、二、殺……」

我重新找到咬牙切齒的童年記憶。

合唱比賽

坐在臺下，欣賞合唱團的孩子唱歌。想我當年，也站在臺上第一部的位置，專心看著老師指揮的手勢。

合唱團平常練習的時候，我偶爾會坐在音樂教室的角落，靜靜地聽他們唱歌，在和諧的歌聲中，浮現一幕幕兒時參加合唱團的景象。

賽後，我們在比賽會場入口合影。接著，我鼓勵孩子：「謝謝你們的歌聲，讓我回到我小時候。從小，我就喜歡唱歌，當學校合唱團招考新團員的時候，我主動去報名，老師要我跟著風琴彈出的音調唱ㄌㄚ……我想應該唱得不錯，也順利錄取，老師安排我唱第一部，男生要跟女生唱第一部，要有唱高音的能力。在比賽前，我們經常練習，有時候一個音不準，就得從頭唱過，但是，我們都很開心，因為我們很喜歡唱歌。相信你們也是。回到學校後，你們也要繼續練習，等聖誕節或畢業典禮的時候，可以唱給全校的同學聽。最後，再一次謝謝指導老師，謝謝你們。」

「謝謝校長！」合唱團齊聲說。

「校長，每天我最期待到學校的事情是練習合唱。我的志願是當歌星，希望有一天，我可以參加《星光大道》，也可以出唱片。」

「哇！你真的很棒。祝福你美夢成真。」

斷牙

「校長早！」我站在校門口，迎接孩子上學。一個孩子大聲向我問早，我注意到他的牙齒少了一顆。

「你的牙齒怎麼了？」我揮揮手示意他到我身邊來。

他低下頭，淺淺的笑容，聳聳肩，然後略帶羞澀的語氣說：「昨天下午掃廁所，我們在玩水，結果不小心跌倒，牙齒撞到地板，摳的一聲就斷掉了。」

「啊！那有沒有請爸媽帶你去看牙醫？掃廁所很辛苦，有機會使用大量的水沖廁所，但是，你們如果玩水，就變得很危險了。」

我請他張開嘴，看看他的斷牙。

孩子還是傻笑。他說：「昨天晚上，媽媽帶我去看牙醫，牙醫把我斷了一半的牙齒拔掉了，還好，我年紀小，還可以慢慢長出牙齒來。年紀再大一些，可能就要植牙或裝假牙，我再也不敢在廁所玩水了。」

「哎呀！你這孩子，下次要記得，真的不要再玩水，玩遊戲或打球也要注意安全。少了一顆牙齒，會變醜喔。」我摸摸他的頭。

「校長，你以前掃廁所有玩過水嗎？」他離開我的視線前，突然丟下這句話。

我點點頭，趕忙跟他揮手說再見，目送他走進校內。

考試

一個孩子慌慌張張的跑進校門，我雙手平舉，阻止他繼續跑。

「你急什麼呢？慢慢走就好，還來得及啊！」我搭著他的肩。

他氣喘吁吁地說：「校長，今天要期中考，我趕著到教室複習數學，有些題目我還沒有熟練，要趕快到教室練習。」

原來如此，孩子很在乎期中考，難怪腳步如此急促。

「來啦！我跟你聊一下。你很在乎考試嗎？」我問。

「嗯……有一點點在乎，可是我覺得爸媽比我還在乎，安親班比我爸媽還在乎。不過，我會努力準備就是。」他遲疑了一會兒，才回答我的問題。

「校長，真希望學校不要考試，那該有多好啊！」他勉強擠出一絲笑容。

「哈……原來你的心願和我小時候一樣。考試的目的，其實是老師要測驗一下你學習的狀況，看看還有那些不懂的地方？老師可以進行補救教學，讓你跟上學習的進度。這樣，你了解考試的目的了嗎？」我笑著對他說。

他點點頭：「好像有點懂，不過，我喜歡上學，不喜歡考試。」

我接著說：「你到學校上課，不僅要學習知識，也要學習做事的能力，更要學習做人的態度與方法。加油吧！拜拜。」

排路隊放學

「排路隊，排路隊，排好路隊，不要亂跑。」高舉路隊旗的路隊長不斷的高聲喊著。

這樣的景象，恰巧被我遇見了，我從側門口快步走進校內。「來來來，路隊長先站好，其他人站在路隊長後面。站好站好，先不要動，校長點人數。」我擋在路隊前面。

路隊長回過頭，要求隊員全部站好，立刻轉身面向我。「校長，他們都不排路隊，我有要求他們，但是，下樓梯後，他們就到處亂跑，不聽我的指揮，我明天會跟老師說。」路隊長一臉委屈地說。

我要求路隊排好，並向所有人說：「我要求你們排路隊放學，是因為可以更快速的通過導護崗，導護老師和導護媽媽可以保護你們的安全。而且在放學途中，彼此照顧，讓大家可以平安回家。如果你跟路隊走散了，甚至不走導護崗，我很擔心你們在路上發生意外。這樣，我們大人都會覺得難過。可不可以請你們確實排好路隊再放學？不要只在教室走廊排好路隊而已，出了校門也需要排好路隊。從明天開始，我會特別注意你們，希望你們一切平安。好吧！準備走吧，路上小心，明天見。」

看著孩子的背影，緩慢經過導護崗，我放下心中的大石頭。

選模範生

「校長，我跟你說，我們班今天選模範生，可是我沒選上……」孩子在走廊遇到我，有點難過地說。

我看著他：「你很在乎選模範生這件事啊？」

孩子抿抿嘴，緩緩地點點頭。

「那你知道當模範生需要哪些條件嗎？」我接著說。

「知道啊！老師說各科成績要達八十分以上，我有啊。平常表現也要讓同學覺得熱心公益，老師交代的事可以如期完成，主動幫助同學解決困難；這些我都有。經常代表班上對外比賽爭取班級榮譽，也是很好的條件；這個我就沒有了。我知道，也許我不夠優秀，所以同學們都不願意投票支持我。」他喃喃地說。

我拍拍他的肩：「其實，你的表現已經很好了啊。記得我讀小學的時候，也不曾當選過模範生，我的想法也跟你一樣，覺得自己不夠優秀。但是，我一直努力要符合模範生的條件。可惜，在我的學生時代，從來沒有當選過模範生。不過，我從不會因為這樣而否定自己，我相信自己是自己心中的模範生就好，做好分內事，盡力幫助他人。現在，我還是這樣要求自己。」

他依舊抿嘴。我安慰他不要沮喪了，告訴他說：「你還有機會啊！好好努力，明年的模範生也許就是你。」

新廁所

暑假過後，開學第一週。我特地利用下課時間到暑假完工的新廁所看看孩子使用的情形。

「校長，好好喔，廁所變新的了，你好有錢喔。」孩子邊洗手邊開心地說。

「哈，不是我有錢，是政府有錢，給我們學校錢，整修老舊廁所，要讓廁所更乾淨更明亮。這樣，可以讓你們上廁所更自在些。」我向孩子說明整修廁所的經費和目的。

「校長，我跟你說，以前舊廁所的燈很暗，門也會自己關起來，有時候還會發出怪聲，同學都在傳說廁所有鬼；我們嚇壞了，上廁所都要找人陪，一個人總是怪怪的。」孩子露出驚恐的表情。

我點點頭，接著問：「現在呢？不需要開燈也很亮，你敢一個人上廁所了吧？」

「敢啊敢啊……現在廁所還有裝電扇，比以前涼快多了。我們都很喜歡新廁所，謝謝校長。」孩子滿足的回教室。

創校已超過三十年，不只廁所老舊，其他建築物或設備都顯得老舊。我的理念是東西可以老舊但是功能不能減損，可以全面更新就全面更新，不能更新就修繕。廁所整修是我改善老舊設備的第一個目標，絕對不能讓孩子在學校不敢上廁所。

打躲避球

走在二樓走廊，看著躲避球場的孩子，正奮力地打躲避球。我忍不住童年時的躲避球夢，快步下樓，站在球場邊觀戰。

外場的孩子邊注視著內場的戰況，邊大聲說：「校長，來打躲避球啊！你會不會打？」

「專心專心，我當然會打，我小學是躲避球校隊喔。」腦海中浮現小學時打躲避球的情景。

第一局比賽終了，我向老師請求，加入躲避球賽，老師同意後，我隨機加入其中一隊內場。為求公平起見，老師安排內場人數都是十個人。

哨聲一響，內場立即散開。他隊外場球，孩子驚呼著：「打校長，打校長，打腳啦，打屁股也可以。哈……」

孩子七嘴八舌，看他們興奮的樣子，再度回想起我小學年代。

「可以打校長喔！今天，可以光明正大打校長喔。哈！真的可以啊！用力打，快點。」我聽到外場的孩子說。

「哈！我從來沒打過校長，我要盡全力打校長了。」另一個孩子說。

「打腳！打腳！校長很會躲喔……」聽到一個女生這樣說。

大部分的孩子們應該不知道我是躲避球隊的。

晨間慢跑

「等一下兒童朝會結束後，校長邀請大家一起慢跑操場一圈，想跑二圈或三圈也可以。有興趣的班級可以留下來，低年級在內操場直排輪專用道，中年級在一、二、三跑道，高年級在四、五、六跑道。慢慢跑就好了，不要比賽。」我在化雨臺（司令臺）上宣布這件事。

兒童朝會結束後，總導護老師請各班就定位。我跑到化雨臺對面的大隊接力區等待。孩子們陸陸續續到我身後集合。

「校長，我們來比賽，看誰跑得快。」六年級的女生說。

我笑著回她：「哎呀！我老了，而且我很胖，怎麼跑得贏妳。慢跑就好，不要跑太快。」

「哼……哪有？校長，你在運動會跑大隊接力，速度很快啊！我很想跟你比賽看看誰快？哈……你會怕輸喔？」女生接著說。

我也笑著說：「對啊對啊，我是玻璃心，不喜歡輸的感覺。哈……不過，真的要比賽，我一定輸。妳是田徑隊的短跑女王，我哪有辦法贏妳啊？」

「啊！校長，你怎麼知道我的外號？哈……」

「很多人都知道啊！妳的速度超快的。」

總導護老師宣布開始跑步，孩子們把跑道都填滿了。

告狀

孩子氣沖沖走進校長室，劈頭就說：「校長，我要告狀。」

「怎麼了？來，先坐一下，我聽你說。」

「校長，老師上課一直說臺語，我都聽不懂，可不可以拜託你跟老師說不要一直說臺語？」孩子的淚水在眼眶打轉，看得出來她確實很生氣。

我仔細聽孩子訴說她聽不懂臺語的委屈。

「請問妳，老師在什麼課一直說臺語呢？」我問。

她毫不思考地說：「晨間活動。老師就一直說登革熱的臺語怎麼說，腸病毒的臺語怎麼說，還有很多，我記不起來。」

我給她一個微笑，接著說：「因為妳聽不懂，所以才會這麼生氣！其他同學呢？聽得懂嗎？」

「嗯……也不知道他們聽得懂還是聽不懂？我沒有問。不過，老師在說臺語的時候，他們會點頭，有時候會笑出聲音來，我猜他們應該是聽得懂的。」她一開始遲疑了一下，後來，就能夠把觀察到的課堂情形說出來。

我好奇地問：「那妳想不想跟他們一樣聽得懂臺語？校長可以教妳喔，等妳下課或午休時間，我教妳一些簡單的會話。」

她立刻起身走到校長室門口，回過頭說：「我下課來找校長！」

盪鞦韆

中庭森林裡，新設一座盪鞦韆，那裡靠近低年級的教室，我想要讓低年級的孩子下課時間到這裡玩。

果然如我預料，下課時間，排隊等盪鞦韆的孩子相當多。

偶爾，我會走近看看孩子盪鞦韆的情形。

「校長，他們盪很久，都不換人，我排很久了。」一個排隊久候的孩子說。

「好，我跟他們說。」

「你們兩個，不要盪太久，還有很多人排隊等著盪鞦韆喔。」我對鞦韆上的兩個孩子說。

鞦韆慢慢減速，直到停止，兩個孩子走到我身旁。

「校長，我覺得沒有盪很久啊！排隊的人一直催。那到底可以盪多久？才算沒有很久。」其中一個孩子抱怨著。

「你的問題值得好好想一想，他們覺得久，你卻覺得不久。這個就好像我們等公車一樣，感覺等很久了，公車才來。當我們一坐上公車，又希望公車下一站不要停，最好是每站都不停，直接載我們到目的地。要不然，你們可以數數，商量看看盪幾下鞦韆就換人，這樣，也許會公平點。你覺得呢？」

兩個孩子點點頭，迅速的排到隊伍後面，和排隊的人商量了。

蔬菜義賣

圍牆邊有一畝菜園，開放給有興趣的班級認養，老師指導孩子學習農事，但禁止使用農藥或殺蟲劑等破壞環境的行為。

有一天晨間活動，幾個孩子端著裝滿蔬菜的籃子進校長室。我驚訝的問：「好多蔬菜，哪來的？」

「校長，我們在菜園採收的，這裡有高麗菜、小黃瓜、菠菜、空心菜、紅蘿蔔。不過，菜葉被小蟲吃掉一些了，看起來不漂亮。」孩子綻放陽光的笑容真是甜美。

我輕輕撫摸那些菜，接著問：「你們要怎麼處理這些菜呢？」

「校長，我們要義賣，可以先賣給你嗎？」

「怎麼賣？我的意思是說價錢怎麼算？一公斤或是一把或是一顆多少錢的意思。」我擔心他們聽不懂計價方式。

「校長，我們老師說隨緣，就是你可以拿一些蔬菜，付一些錢。我們會把賣蔬菜的錢捐給慈善機構，希望可以幫助更多需要幫助的人。老師說如果賣不出去，她就要燙青菜給我們吃。」

我從皮包掏出一張百元鈔，拿了一條紅蘿蔔。

「你們班真有愛心，接下來打算賣給誰呢？」我笑著說。

「老師要我們先到各處室推銷看看，下課時間再到各班教室，希望老師們可以支持義賣活動。」他們急著跟我說再見。

簽名

六月初，畢業考結束，準備迎接畢業系列活動。課間活動時間，幾個畢業生拿著畢業紀念冊到校長室來，這是每年必定上演的情節。

孩子說：「校長，幫我簽名，簽大一點沒關係，要加上日期。」

「恭喜你們要畢業了，等一下在我簽名前，每個人都可以來坐一下校長的辦公椅。」我笑著對他們說。

「哇！我不敢坐。」

「我沒坐過校長的椅子。」

「我要坐坐看，以後也要當校長。」……

孩子興奮的談論著，笑聲迴盪在校長室每一個角落。

等孩子一一坐過我的辦公椅後，我也一一的簽名加日期。有個孩子遲遲不敢坐，拿著畢業紀念冊站在辦公桌旁。

他說：「校長，不坐就不簽名喔？我可以不要坐，但是，請你簽名，這樣好不好？」

我熱情地招呼他：「來啦，坐一下沒關係，你應該沒坐過校長的辦公椅，我可以為你拍照和簽名。」

他搖搖頭，把畢業紀念冊放我桌上。

我不勉強他，找到空白頁，簽名加日期。

領獎

兒童朝會排定頒獎流程，近一週內，領獎的孩子會先到化雨臺旁集合，排好領獎順序。

我習慣在兒童朝會開始前，和領獎的孩子聊聊天。

「校長，我從一年級到現在，領過數不清的獎狀了，今天，要領的是班上每個月的品德之星。」五年級的孩子說。

我看看他：「你好棒！希望你繼續保持優異的表現。」

我注意到旁邊一個二年級的孩子低著頭，深怕我找他聊天的樣子。我走到他面前問：「那你呢？領了幾次獎了？」

他低頭不語許久，然後告訴我：「校長，其實我是第一次領獎，以前從來沒有過。」

「很好啊！你真的很棒喔！有第一次就會有第二次、第三次、第N次……要有信心喔。我相信你可以做到的。」我大力稱讚。

「嗯……」他點點頭，嘴角露出一絲笑意。

「校長，我是一年級，我也領很多次獎狀了。」

「校長，我是六年級，我今天要領參加校外珠心算比賽冠軍的獎狀。」

我和孩子聊開了，一個一個和我分享領獎的次數與經驗。每次兒童朝會，我都能感染孩子領獎的成就與歡樂。

小偷

三個小女生在校長室門口探頭探腦的，我放下筆，熱情地招呼她們進來聊。

我問：「三個美女，找我嗎？有什麼事要跟我說？」

三個小女生推來推去，有點扭捏地說：「快跟校長說啦，妳的鉛筆盒被偷了。」

當事人支支吾吾，我笑著看她。

「說說看沒關係，也許校長可以幫妳一點點忙啊！」

「就是啊……校長，我的鉛筆盒放在抽屜裡，第一節下課還在喔，第三節上課時，我想拿紅色原子筆，就找不到了啦。也不知道被誰拿走？我們班上竟然有小偷，真的太可怕了。」當事人說。

「對啊對啊……太可怕了。」其他二個小女生附和著。

我問當事人：「妳會不會是忘記鉛筆盒放到別的地方了？書包或置物櫃？」

當事人想了一會兒：「沒有啊！一直放抽屜，我沒動過啊！」

我接著問：「鉛筆盒不見這件事，有沒有跟老師報告了，老師處理了嗎？」

「有啊！老師說要問問班上同學有沒有人看見我的鉛筆盒。」

「好啊！看看怎樣，妳下午再跟我說。」

不要當鬼

經過穿堂，看見一個孩子坐在地上哭，三個孩子站在他身旁。

「怎麼了？為什麼在哭。」我走近問。

「校長，我們在玩紅綠燈，他被抓到了，輪到他當鬼，他偏不要。我們就罵他，不小心推倒他。」一個站著的孩子說。

我伸出手，牽起坐在地上的孩子，順便幫他整理一下服裝。

我問他：「你被抓到了啊！不喜歡當鬼嗎？」

他點點頭，邊哭著說：「我不想當鬼，我要當人。當鬼要抓人，我跑那麼慢，根本抓不到人。這樣，我會一直當鬼啦。」

這時候，經過穿堂的孩子，停下腳步，注視著我們，並且議論紛紛。我還聽到旁觀的孩子說：「校長在生氣，不要過去。」

我向所有的孩子招手，示意在場的孩子圍過來。我說：「大家一起玩要開心啊！當然，也要遵守遊戲規則，規則怎麼產生呢？其實很簡單，大家講好就好了。如果有人不願意遵守，那就不要一起玩遊戲。千萬不要為了玩遊戲，破壞同學間的感情。」

哭泣的孩子，擦乾眼淚向其他三個孩子說：「對不起，我被抓到了，我願意當鬼。」

其他三個孩子點點頭，表示接受。上課鐘聲響起，全部的孩子匆忙離開。我打算下一節下課時間，再過來看他們玩紅綠燈。

外掃區分界線

操場邊有許多花圃，種植灌木叢或草或花，常常會有人把塑膠袋或飲料瓶塞進植物間的空隙。

我在巡視外掃區時，特別注意躲藏在植物間的垃圾，要求外掃區的孩子，務必使用鐵夾子一一把垃圾夾出來。

我對外掃區的孩子說：「拜託你把花圃裡的垃圾夾走。」

「可是，校長，這個花圃是隔壁班負責掃的。可以請隔壁班來夾垃圾嗎？」孩子說。

「喔！隔壁班掃地的人呢？我沒看到啊！」

「我也不知道，他們班常常不下來掃。老師都會要求我們班幫忙掃，我覺得不公平。」

原來，孩子認為外掃區是有分界線的，我應該注意到屬於孩子心中的那一條分界線。

我拜託他：「那……今天還是請你幫忙掃，我再跟他們班老師說一下，記得掃地時間要下來掃，好嗎？」

他說：「校長，希望我是幫隔壁班掃最後一次了，他們班都很懶，也不知道是什麼原因？掃地時間就應該掃地啊！都六年級了，還不懂這樣的道理。真的不知道他們是怎麼了！」

孩子抱怨的話，其實，是有道理的。他夾垃圾的背影，真美。

不要理他

在樓梯轉角，遇到一群孩子，喧嘩的聲音幾近吵架。我靠近關心，很怕他們真的吵架，甚至演變成打架，那就糟糕了。

「我們不要跟他玩，不要跟他好，反正他說什麼，我們都不要理他。」一群孩子嚷嚷著。

只見一個孩子站在牆角，安靜地忍受同伴的數落。

我忍不住出聲對那群孩子說：「說什麼呀？為什麼不要跟他玩？不要跟他好？不要理他？你們幾個說說看，一個人說也可以。」

那群孩子停止喧嘩，面面相覷，不知道如何回答我？我指著其中一個：「來，你代表大家說。」

他起先搖頭，後來，禁不住同伴相拱，深吸一口氣後，看著我說：「校長，他啊！不洗澡不洗頭不刷牙，每天都很臭，我們不想跟他玩，他老愛黏著我們。我們走到哪，他就跟到哪，很煩啊！」

「這樣啊！我了解看看，你們先去玩吧。」我說。

我留下被排擠的孩子，他的眉頭深鎖，頭髮有些亂，衣服有點髒，說真的，有一點點汗臭味。

我問他：「需不需要校長幫忙？」

他搖搖頭，想要離開。我一個箭步抓住他的手臂，他的淚水奪眶而出，使勁甩開我的束縛，頭也不回地揚長而去。

裝冷氣

經過走廊，洗手臺前，幾個男生捧水沖臉。

「今天很熱吧？看你們滿臉溼答答，連頭髮都弄溼了。」男生關了水龍頭，雙手猛力擦掉停留在臉上的水珠。他對我說：「校長，我們教室可以裝冷氣嗎？真的好熱喔。」

我遲疑了一下，回他說：「對啊！這種天氣確實很熱，我也熱得很不舒服，所以到走廊來透透氣。裝冷氣這件事，學校沒有那麼多錢；除了各班裝冷氣的錢外，還要提高學校契約用電容量，更重要的是日後得負擔使用冷氣的電費。說真的，校長暫時沒有能力。我看一下你們班的教室，氣窗和窗戶都打開了，六臺懸吊式電扇也在運轉，室溫應該比室外低了點。」

他接著問：「那什麼時候可以裝冷氣？我哥哥讀高中，每班教室都有裝冷氣，用班費儲值冷氣卡，每個人平均分攤冷氣電費。這樣，應該可以裝冷氣了吧。」

「我們學校每間科任教室都有裝冷氣，也使用儲值卡。班級教室要裝冷氣，就要等政府補助學校經費了。」我說。

另一個男生說：「校長，去年底選市長，候選人不是說當選後要為中小學每間班級教室裝冷氣？難道他們都在說謊？」

「對啊！我們期待市長可以兌現他的政見。」

畢業歌

依稀記得從四月開始，校長室樓上的音樂教室，經常傳來我兒時孰悉的旋律「青青校樹⋯⋯」，其他的，我就沒聽過了。下課鐘聲一響，好奇心驅使我上樓問問孩子。

「哈囉，帥哥，請問一下你們唱的畢業歌歌名是什麼啊？」我攔下剛走出教室的男生。

「校長，老師說有一首〈青青校樹〉是她小學唱的，你應該也是吧！另外三首：〈起風了〉、〈雪落下的聲音〉、〈倒數〉。校長，你可以上 YouTube 找找看，很好聽的歌曲，等你會唱了，就可以和我們在畢業典禮一起大合唱喔。」男生介紹得很清楚。

我把歌名記在手機的備忘錄裡，深怕一回頭又忘了。我繞了三樓走廊一圈後，趕快回校長室上 YouTube 找畢業歌。

原來，〈起風了〉是吳青峰唱的，我知道他是蘇打綠的青峰啊。歌詞裡有一句「逆著光行走，任風吹雨打。」就夠豪氣了。〈雪落下的聲音〉，我喜歡聽李千娜唱的版本，開頭歌詞「輕輕，落在我掌心。」，就有感傷的氣氛了。〈倒數〉是鄧紫棋唱的，光是歌名，就很搭畢業的心情，有一句歌詞「一點一滴，每一天珍惜。」也告訴孩子真的要好好珍惜在國小的每一天。

非常羨慕現在的孩子，可以選擇喜歡的流行歌當畢業歌。

積木牆

一年級教室中間穿堂牆壁，做了一面積木牆，孩子可以在上面拼裝圖案或文字，積木無限量供應。

下課時間，我路過這兒。一年級的孩子衝過來抱著我，我被突來的舉動後退了一步。

「校長，你來看，積木牆有一個樹幹的幹。」孩子拉著我。

我看了直搖頭，不知道是哪個孩子拼的？我問他：「知不知道是誰拼的？」

他搖搖頭表示不知道，其他的孩子很篤定地說：「校長，我知道，是一個五年級的大哥哥上一節下課來拼的。」

「喔……好，我知道了。等一下我就會到五年級各班問問，是誰拼出這個字」我說。

孩子天真地說：「校長，你不要看幹字，來看我拼的哆啦A夢，你覺得像不像呢？」

我點點頭：「像喔像喔！看起來，你很喜歡哆啦A夢啊！」
「校長，你也來看我拼的皮卡丘。」
「好啊好啊！很像喔，你好厲害。」
「校長，拜託你也看一下我拼的小樹。」
「哇！樹葉有紅、有黃、有綠，感覺秋天到了喔。」

園遊會

兒童節前夕，學校傳統慶祝活動就是辦園遊會，讓孩子體驗一下生意人的成本計算和行銷方法。

攤位在各班走廊，也有班級利用連棟教室之間的穿堂。攤位販售商品具多樣性，人潮不斷，相當熱鬧。有的攤位是孩子從家裡拿來的舊玩具或絨毛娃娃，有的攤位賣飲料和小點心，有的攤位賣冰棒和冰淇淋，有的攤位設計遊戲闖關拿獎品，還有的班級學習移動式攤位，沿著各班走廊兜售商品……

我逐一的逛攤位，每個攤位的銅板價相當吸引人。我成為最捧場的顧客。

「校長，來我們班，我請你吃冰棒。」孩子熱情地邀約。

我不加思索地回答：「不可以這樣，我要給你錢，冰棒也要成本啊！一支二十元，我買一支紅豆冰棒就好。」

在穿堂擺攤位的孩子說：「校長校長，來玩九宮格棒球，連成一線就有獎品。」

我說：「好喔好喔，這個我試試看，我喜歡棒球。」

結果，我無法投擲一條線，看起來簡單，玩起來卻困難。

園遊會結束後，令人感動的是有些班級把賺來的錢，全部捐給學校的仁愛基金，雖然錢不多，但是感受到孩子的愛心。

受傷

每到接近上課時間，健康中心經常湧進許多受傷的孩子。我到健康中心看看受傷的孩子，手腳擦傷居多，刀傷或流鼻血，撞到頭或扭傷，肚子痛或頭痛……各式各樣的小傷痛，都是孩子痛苦的經驗。

「你膝蓋擦傷啊！怎麼受傷的？很痛吧！」我問坐在椅子上等待護理師擦藥的孩子。

「剛剛跟同學踢足球，不小心跌到，就這樣了。喔……好痛啊！」孩子邊說，護理師邊為他擦碘酒。

「你的額頭怎麼腫起來了啊？應該很痛。」我問另一個孩子。

「走路沒注意，撞到穿堂的柱子。」孩子邊冰敷邊說。

「校長，我肚子痛而已，因為昨天吃太多冰棒了。」一年級的孩子急著解釋肚子痛的原因。

「那爸爸或媽媽有帶你去看醫生嗎？不要吃那麼多冰啦！」

「沒有啊！剛才突然痛的，我上過廁所後，還是覺得痛，來拜託護理師阿姨幫我擦一下涼涼的藥。」

「好啊好啊！回家後，如果還會痛，記得看醫生喔。」

孩子受傷理由千百種，我比較擔心因為學校設備不安全，造成孩子受傷，那就對不起未來的主人翁了。

孩子單獨到校長室來找我，他相當冷靜地說：「呃，校長，我要轉學了，老師一直誤會我，連同學也排擠我。」

我聳聳肩，接著問他：「方便說說看老師怎麼誤會你嗎？」

「呃，每次上課，只要有同學說話，老師一定會說是我帶頭。我並不是每次都說話，呃，我會不自主發出呃的聲音，這並不是我故意的。呃，我也不想這樣。老師都不懂，還要怪我，我在班上很不快樂，呃，我要轉學了。」他委屈的樣子，令我心疼。

我關心地問：「你不由自主發出聲音的事，爸爸或媽媽有帶你去看醫生嗎？」

「有啊有啊！呃，現在，必須吃醫生開給我的藥。」

「那爸爸或媽媽有跟老師說過你的問題嗎？」我問。

轉學

「呃，好像……呃，好像沒有。」他想了一會兒。

「我找個時間跟老師說一下你的情形，你不是故意要發出聲音的，這樣，好不好？如果你同意，我現在就去找老師說。」

「呃，不要好了。呃，我怕老師不高興，說我向校長告狀。」

「那，怎麼辦呢？你希望校長怎麼幫你忙？」

他搖搖頭：「我是來跟你說再見的，媽媽下午就會來辦轉學。」

我嚴肅地說：「好吧！祝福你到新的學校可以過得更快樂。」

考不好的後果

在水生植物池遇到一個孩子，獨自在這兒，看他若有所思的樣子，想必有什麼心事！

怕嚇到他，我遠遠的便發出聲音：「哈囉！你在看什麼？有看到鬥魚嗎？」

他猛一回頭：「校長好，有啊！我在看鬥魚在水裡自由自在地游，真希望我是鬥魚，無憂無慮的。」

「怎麼了呀？什麼事讓你覺得不開心嗎？」我追問。

他專注的看著鬥魚：「當鬥魚真好，都不必考試，每天都可以開心的游來游去的。也沒什麼啦，就考不好而已。昨天晚上，被爸爸和媽媽罵了一頓。覺得有點煩，考不好就考不好了啊！上安親班又如何？我也盡力了，我也想考好一點，讓爸媽高興。」

我安慰他說。「也許爸爸和媽媽對你有相當高的期望，希望你將來比他們更有出息，這個年紀，本來應該無憂無慮的，遇到考試，就讓你覺得心煩。考得好就算了，考不好就得被責備。」

「校長，你的小孩很會讀書嗎？」

「嗯，還好啊！國小時大約都是班上前五名，我只希望他們盡力就好，我不會要求一定得考第一名。」

他搓搓手：「校長，當你的小孩真幸福！可惜我不是。」

不要帶手機

我在兒童朝會宣布：禁止孩子們帶手機來。朝會後的第一節下課，幾個六年級的孩子匆匆走進校長室。

「校長，拜託啦！讓我們帶手機來學校，好不好？」

我也納悶得很，剛才宣布了，怎麼孩子聽不懂呢？我問他們：「為什麼要帶手機來學校呢？手機不是文具或學用品啊，就算要上網查資料，教室裡的電腦也可以使用。」

孩子們互相瞄了一眼。感覺他們想好帶手機來學校的理由，也應該分配好任務了；誰先說誰後說，試著說服我。

「校長，其實，我們帶手機是不得已的，爸媽都在上班，只要放學，我們就要打電話報平安。接著，到安親班去，利用手機連絡，讓爸媽好掌握接送時間。」一個孩子說。

另一個孩子搭腔，接著說：「對啊！校長，你放心，我們不會在上課時間玩手機的。」

我笑了笑，也向他們說：「如果你們帶手機只是為了報平安，那就太簡單了，學校有公共電話。安親班放學時間如果臨時改變，老師會主動聯絡你們的爸媽！我確實是怕你們上課玩手機，無法專心學習。你們捫心自問，有沒有在上課玩過手機呢？」

他們相視而笑，笑得很靦腆，默默地揮手向我說再見。

自治市幹部座談

每個月，傾聽學生自治市幹部對學校的建議，希望自治市真的能發揮為學生代言的功能。

我開門見山問：「市長、副市長及各位局長，有沒有什麼建議要跟我說，在能力範圍內，我一定會做到的。」

市長說：「校長，聖誕節可以辦聯歡大會嗎？讓同學們感受一下聖誕節的歡樂氣氛？」

「可以啊！市長和自治市的幹部也可以討論一下，聯歡大會的活動內容，這樣，校長和學務處的老師較好規劃。」

副市長：「校長，現在是九月，天氣還是很熱，飲水機的溫水常常飆到四十度，有點燙。可以加裝冰水飲水機嗎？」

「飲水機溫水部分，應該是經常使用，溫度才會飆高。我在想辦法多裝幾部飲水機。冰水部分，怕你們喝了對身體不好，所以，我一直沒有考慮裝冰溫熱飲水機。而且熱水部分也必須上鎖，怕你們使用不當而燙傷。其他局長有沒有建議呢？」

體育局長：「校長，可不可以舉辦躲避球賽？」

「可以啊！運動會結束後，請學務處規劃。其他局長，還有什麼建議嗎？或者在工作上遇到什麼困難？」

自治市幹部小聲說「暫時沒有」，我說：那就下個月見！

廁所救急

上課鐘響，廁所也清空，我走進去圖個清靜。

「請問有人在外面嗎？拜託幫我拿衛生紙。」

我正好就定位，準備小解時，聽到從大便坑裡傳出這樣的聲音。我回他說：「有有有，我是校長，你不要緊張，等我一下，我回校長室拿衛生紙給你。」

我暫時憋住尿意，急忙走回校長室，抽了六張衛生紙，再快步走回廁所，仔細看看哪個門閂上有紅色標誌？走到底，終於發現，我敲敲門說：「我是校長，該怎麼拿衛生紙給你？方便開門嗎？」

裡頭也敲門回應，他說：「校長，我沒辦法開門，怕弄髒褲子，拜託你從門下方的縫隙塞進來，我的手在門縫了。」

我吃力地蹲下來，一把老骨頭，連蹲下都覺得吃力。找到他的手，把衛生紙放在他的手心。我起身走到靠近出口的小便斗，一邊小解一邊等他。

瞬間，我聽到開門的聲音，他走出來，笑著對我說：「謝謝校長，還好有你，不然我就慘了，可能會被關在廁所至少一節課。」

「對啊！你是忘記帶衛生紙嗎？」

他搔搔頭，告訴我：「校長，廁所可以準備衛生紙嗎？」

我點點頭，看著他洗手後，很快的離開廁所。

不能參加畢旅

看到六年級各班正如火如荼的準備畢業旅行。我特別注意不能參加畢旅的孩子，也請各班老師提供名單給我。人數也不多，總共五個孩子不能參加；孩子的背景大都是中低收入戶。我就懂了，為什麼他們不能參加畢旅。

我私下逐一和孩子的導師說，使用學校捐贈專戶的經費。我也特別叮囑導師，務必保守祕密，不要讓五個孩子被標籤化了。

有個孩子是兒童朝會的司儀，我認識他。利用兒童朝會後，和他閒聊了一下。

我跟孩子說：「畢旅的旅費，學校幫你準備了喔。」

「嗯，校長，這樣會不會很奇怪？同學們都自己交錢，我卻必須麻煩學校，會不會被人家說話啊？其實，我很想去，但是，也可以不要去啦！我清楚我家的狀況，我很認命的。」孩子點點頭，卻又懂事地說。

我覺得一陣鼻酸：「不會啦！我本來就有責任照顧大家啊！況且這筆錢是善心人士的捐款，指定要幫助需要幫助的人啊！」

「是嗎？可是……謝謝校長，我會記住這份恩情的。」

我接著說：「就像你讀過的課文：〈神奇的藍絲帶〉，將來等你有能力了，也一定會把愛傳出去的。」

說故事

我總會撥出時間到每個班上說一個故事給孩子聽。某天，利用一節課到四年一班說故事，孩子期待的眼神，專注地準備聽我說故事。

我跟孩子說的故事叫「狗仗人勢」：

從前，有個大地主，整個村莊的農人都是他的佃農。每個月，大地主會逐一向佃農收地租。

兩個月前，大地主養了一隻狼狗，收租的時候，狼狗搖搖擺擺地跟在大地主後方，每到一戶佃農住家前，狼狗等不及大地主敲門，便狂吠好幾聲，佃農唯唯諾諾地開了門。大地主一言不發地伸出右手掌，佃農便主動將租金放在那白皙軟綿的手掌上，然後，大地主順勢把錢塞進斜背在身上的袋子。每當遇到佃農討價還價，狼狗便露出大尖牙作勢攻擊並且不停地狂吠，佃農嚇得不敢再多說什麼，只能乖乖地繳租金。

兩個月後，大地主突發奇想，訓練狼狗代替他收佃租。他把裝錢的袋子掛在狼狗的脖子上，循著往常收租的路線逐一向佃農收租，並示意佃農把錢放進掛在狼狗脖子上的袋子裡。一開始，佃農害怕狼狗的尖牙，顯得畏縮。還好，大地主喝斥狼狗閉上嘴，抬高脖子，好讓佃農順利的把錢放進袋子裡。

狼狗經過這次收租訓練，讓大地主相當滿意。大地主暗自決定下個月就讓狼狗單飛，獨自向佃農收租。

收租的日子很快地來臨，大地主在狼狗出發前，耳提面命一番，交代狼狗必須在日落前收齊所有的佃租。

狼狗信心滿滿地搖了搖尾巴，向大地主告別。循著和大地主以前收租的路線，挨家挨戶地收租。每到一戶佃農的家，就先狂吠了幾聲。佃農打開門，乖乖地把錢塞進掛在狼狗脖子上的袋子裡。沒有一個佃農敢不誠實繳租金，狼狗似乎也知道每個佃農該繳多少租金；除了怕大地主收回耕地外，更害怕被狼狗攻擊。看起來，狼狗跟牠的主人一樣精明。收過幾戶佃農後，狼狗也自以為自己就是大地主，每個佃農對牠鞠躬哈腰的，乖乖地把租金放進他的袋子裡。

狼狗沿著過去陪著大地主收租的路線，只記得村莊裡每一戶人家都得收租，到了每一戶人家門口，大地主只要一敲門，加上牠的吠聲，佃農便會立刻開門繳租。

這次，狼狗收租收到忘我，牠忘記一件很重要的事，座落在村莊中間的一戶大宅院是不必收租的，而且大地主每半年要到這戶大宅院來繳稅。可惜，狼狗缺乏和大地主到這裡來繳稅的經驗。當狼狗走到這戶大宅院門口，牠依舊習慣地狂吠幾聲。兩個手持棍棒的衛兵，直挺挺地站在門口，完全不理會狼狗的狂吠。

狼狗正納悶著：怎麼這戶佃農沒有乖乖地繳租金呢？牠持續地狂吠！兩個衛兵也受不了牠的吠叫，手持棍棒，快速走下臺階驅趕狼狗。狼狗被激怒了，立刻回擊，張大口露出尖牙，狠狠地咬住其中一名衛兵揮向牠的棍棒；另一名衛兵見狀，大聲斥責：「大膽畜生！」立刻大棒一揮，擊中狼狗頭部。狼狗頓時昏了過去，掛在脖子的錢灑滿地，兩名衛兵立即綑綁狼狗，並且抓進大宅院裡。

黃昏，大地主坐在大廳的椅子上，悠閒地品嘗僕人準備的糕點。心裡盤算著，再過不久，狼狗便會收了滿滿一袋錢回家，想著想著，不禁得意地開懷大笑。趕緊吩咐廚房準備烤雞，慰勞一下狼狗的辛勞。

月亮悄悄地躍上皎潔的夜空，烤雞也放在餐桌一段時間，應該也放涼了。大地主在大廳裡踱步，偶爾會到庭院徘徊，心裡納悶著：怎麼狼狗還不回家？狼狗不是人，不會私吞他的租金。可是，怎麼還不回家呢？大地主終於按耐不住了，派出家裡的僕人們，手持火把，挨家挨戶去找狼狗。

僕人們挨家挨戶找狼狗，已收租的佃農轉告僕人，狼狗已收完租離開，還沒收租的佃農轉告僕人，沒看到狼狗來收租。等僕人們回到大地主家後，一一稟告尋找大狼狗的情形。此時，大地主更是納悶：整個村莊都翻遍了，怎麼會找不到狼狗呢？

轟隆……屋外閃電，雷聲大作，喚醒寂靜的黑夜。大地主被突如其來的雷聲嚇得坐在椅子上，久久不敢起身。

「糟糕！」大地主心裡迸出這兩個字。

整夜折騰，大地主即便躺在床上，思緒也一直無法平復。他擔心的事情終於發生了。

隔天一早，大地主立刻交代僕人準備貴重的黃金、珠寶等禮物，準備解救他的狼狗；也解救自己！

一行人浩浩蕩蕩來到大宅院門口，門口上高掛「衙門」匾額，這匾額壓得大地主喘不過氣來。兩個衛兵惡狠狠地看著他們，並不屑地吐出兩個字：「何事？」

「報告兩位大人，我要求見縣老爺！煩請你們通報。」大地主拱手作揖。

一個衛兵轉身開衙門，隨即關上門。

過了一會兒，衙門大開，衛兵示意大地主一行人可以進來。一進衙門大堂，大地主交代僕人們擺上貴重的禮物後，喝令僕人們退到庭院裡。

「升堂」……只見兩旁衛兵整齊的排列，縣老爺緩緩地走上審判臺，正襟危坐的樣子，令大地主顯得緊張萬分。

「大膽刁民，何事打擾本官？」縣老爺聲音威嚴且宏亮，令人顫慄。

「啟秉大人，昨天，我派家中狼狗收地租，應是得罪縣衙衛兵，整晚未回家。跪求大人同意，放了我家的狼狗。」大地主跪在地上，不敢抬頭。

縣老爺示意衛兵，把狼狗拖出來。只見狼狗奄奄一息，掛在脖子上的錢袋也不翼而飛。大地主心想不妙，連租金都被縣老爺沒收了，再加上今天準備的禮物，這下可虧大了。

「大膽刁民，抬頭看看，是這隻畜生嗎？」縣老爺大聲喝斥。

大地主點頭如搗蒜：「小的無知，放任這隻畜生冒犯朝廷官衙，小的知罪，小的知罪，請大人恕罪。」

「大膽刁民，你養的畜生竟敢冒犯官衙，攻擊衛兵，該當死罪！你竟敢放任這隻畜生向佃農收租，難道也將佃農當成畜生嗎？該當何罪？」縣老爺站起來，怒氣沖沖地指著大地主咆哮。

大地主不斷磕頭，節奏如鼓聲：「請大人恕罪，請大人恕罪，小的定當改過，請大人息怒。」

「你有何罪啊？」縣老爺語氣稍稍平緩些。

「小的知罪，任憑大人處置。」大地主恨不得把頭埋進地板裡。

「聽判，你的畜生仗人勢，作威作福，即刻斬首。至於你，豢養畜生，放任畜生欺壓善良的佃農，胡亂收租，民怨沸騰。死罪可免，活罪難赦。從明天開始，一年內不得再向佃農收租。限你一天內，挨家挨戶向每個佃農道歉。聽清楚了嗎？」

「謝謝大人！謝謝大人！小的遵命。」大地主不停地磕頭。

「退……堂……」

縣老爺頭也不回地離開。留下那隻奄奄一息的狼狗和跪在地上的大地主。

我問大家：「故事說完了，大家有沒有問題要問我？」

一個孩子舉手：「校長，這個故事是你寫的，還是聽別人說的呢？」

「喔……是我自己寫的啊。」我笑著說。

孩子們議論紛紛，小聲說著：校長好厲害喔。

另一個孩子說：「校長，狗仗人勢這句成語的由來是這樣嗎？」

「不是啦！我只是借用而已。」

孩子問：「狼狗好聰明，校長，你知道怎麼訓練的嗎？」

「哈，我要問問大地主看看。」

另一個孩子立刻舉手：「狼狗其實不聰明，不然，怎會到衙門收租金，還被衛兵打得半死。哈。」

「有道理喔，狼狗應該以為只要看到房子就可以收租金。」

「狼狗真的被斬首了啊？這樣很殘忍喔。」孩子的眼和鼻子揪在一起的樣子，真是可愛。

「應該是吧！縣老爺應該不會開玩笑的。而且，以前的社會，縣老爺是官，大地主是民，大地主也無力反抗。」

孩子說：「真想看大地主向佃農道歉的模樣，一定很有趣。」

「對啊！你可以想像這個畫面。佃農應該很感謝縣老爺的公正廉明，替他們出了一口氣。」

下課鐘響，我接著問：「下課囉，如果還有問題，私下再問我，下次再來說故事給你們聽。」

孩子用熱情的掌聲回報。

不要撐傘

梅雨季來臨，我最擔心孩子忘了隨身攜帶雨衣，有些孩子喜歡撐傘，老是讓我掛心，怕撐傘的高度戳到其他孩子的眼睛。

「哈囉，美女！撐傘比較危險，怎麼不穿雨衣？」我遇到六年級的女生，忍不住叨念了一下。

「喔！校長，穿雨衣很醜啦！我喜歡撐傘。為什麼不能撐傘？你自己不是也撐傘嗎？」六年級女生不服氣地說。

我請她到穿堂來，好好地說給她聽。

「以妳的身高加上撐傘的高度，大概同學們都有機會被妳戳到眼，低中年級的孩子應該還好。至於校長為什麼撐雨傘？我告訴妳，我是成年人，撐起傘來，並不會有戳到學生的疑慮。而且我會注意經過我身邊的大人，所以，我撐傘，並不是因為穿雨衣很醜。希望妳可以了解。學校好多學生，很難保證，妳撐傘會不會去戳到別人的眼睛。」我一口氣碎念了好久。

她也不甘示弱：「校長，我如果也跟你一樣特別注意，不要戳到別人眼睛，是不是就可以撐傘了？」

「不是只有妳個人的問題。妳要想想看，如果大家都撐傘來上學，全校一千多個學生，妳可以想像那個畫面嗎？」

她站在穿堂，抿抿嘴，點點頭，然後收起傘跟我說再見。

孩子們站在木棧道看著一大片的咸豐草，一朵朵的白花上方，可以看見蝴蝶、蜜蜂和不知名的小蟲子。孩子們看得出神，沒有發現我已經慢慢地靠近他們了。

「哈囉！你們是幾年級啊？」我向他們打招呼。

「校長來了，校長，我們是一年級。」一個孩子說。

「為什麼這些雜草都不割啊？校長。」另一個孩子問。

「這一大片雜草，就是咸豐草，現在正是開花期，我拜託工友伯伯不要割，你們看，好多的小白花，好多蜜蜂和蝴蝶忙著採花蜜，等開花期過了，校長會再拜託工友伯伯割掉這一片雜草。」

孩子們依舊專心看著白花、蜜蜂和蝴蝶。

一個孩子問：「可是，草越長越長，我覺得有點亂啊！校長，你不是說學校每個角落都要保持乾淨、整齊？」

我被孩子打臉了，但是，我很欣慰，孩子記得我說過的話。

「你說得沒錯，這個地方是有點亂，你們應該知道野外的意思吧，這個地方就是野外，或者說是荒野也可以，一個非常自然的地方。在這裡，我們可以看到蝴蝶和蜜蜂和許多小蟲在這裡活動，還好，這裡離教室很遠，蜜蜂應該不會飛到教室去騷擾你們。」

孩子們指著蝴蝶、蜜蜂、小蟲，不由自主地笑了。

誰該讓誰

下課時間，每一座籃球場都被佔滿了，看孩子打籃球，我感到熱血洋溢，即便我籃球並不頂尖。

一群孩子蹲坐在籃球架後方草皮，一直蹲坐著，我有點納悶。

「哈囉！你們怎麼不打啊？跟他們PLAY啊！」我問。

孩子們看著我，有的聳聳肩，有的吐舌頭，有的翻白眼。一個孩子說：「校長，我們太晚到，球場都被佔光了，沒關係啦，我們在旁邊看就好，下一節再早一點來佔。」

我聽了有點不捨。走進籃球場，示意正在鬥牛的孩子們暫停。

「帥哥們，可以跟他們PLAY嗎？」我跟孩子們商量。

一個孩子忙著擦汗：「可是，校長，我們先來的啊！」

「喔……我知道我知道，我是要拜託你們，大家輪流打，譬如說你們誰先投進三顆球，就換他們上場，這樣好不好？」

場上的孩子們彼此對看，然後，點頭同意，準備重新比賽。

「好好好，謝謝你們，那校長來當裁判喔。投進三顆就換人。」

我對著蹲坐的孩子說：「你們要謝謝他們，願意跟你們PLAY。」

蹲坐的孩子站起身，大聲地喊著：「謝謝你們！」

我做出開始比賽的手勢，一會兒工夫，有一隊投進三顆球。立刻換蹲坐在球架後的孩子們比賽，我依舊當裁判，直到上課鐘響。

夢想

孩子在校長室外徘徊，我請他進來。他劈頭就問：「校長，我想問你一個問題：你的夢想是什麼？」

我很好奇孩子怎麼會問這麼嚴肅的問題，我回答他說：「小學以前，我的夢想是當一個小學老師。小學三年級，我的夢想是成為一個作家。師專一年級的時候，我的夢想是要成為一個校長。剛當老師的時候，我的夢想是要當一個律師。現在，我還是不停地追逐我的夢想……」

孩子推推滑落到鼻梁的眼鏡，接著說：「哇！校長，你的夢想還真多喔，有些沒實現的，你不會覺得遺憾嗎？」

我搖搖頭，表示不會遺憾，認真地思考一下，該怎麼向他說明我對夢想的看法。

「我認為夢想應該是浮動的，每一秒每一分到每一天每一年……追求心中的夢想是一件十分浪漫的事情。放棄永遠比堅持簡單；放棄只需要一秒鐘，堅持可能需要一輩子。失去了夢想，人生還有什麼可以留念？放棄了夢想，人生還能剩下什麼？什麼最辛苦？失去自我最辛苦！什麼最痛苦？放棄堅持最痛苦！什麼最不以為苦？樂在其中最不以為苦！」

孩子的表情似懂非懂的，他點點頭，迅速離開我的視線。

格格不入

「校長，我跟你說，都快畢業了，我覺得我的同學們還是很幼稚。我沒有辦法和他們溝通，價值觀差太多了。我只適合和你這種老人溝通，因為，他們都不懂我在想什麼？說沒幾句話，就要我走開，不願意跟我繼續聊。怎麼辦？他們都跟我格格不入，真的很難相處，還好，快畢業了，我終於可以脫離他們幼稚的腦袋。」他相當有條理地說。

很少聽到一個孩子可以說出這麼一長串的話來，有些話，我得好好想一想，也許可以回答得更好。

我說：「我覺得你應該是一個成熟的大人了，我很想知道你在想什麼？很想知道你都跟同學聊什麼？為什麼會格格不入呢？」

他連珠炮地說：「校長，其實你也不必知道我在想什麼？因為你永遠不會懂我，我只是喜歡和你這種老人聊天而已。不過，說真的，校長啊！你很認真啦！我媽也這樣說，至少，每天上學的時候，都會看見你在校門口迎接我。其他的，我就不說了喔。」

我被孩子的話搞得一頭霧水，根本就答非所問，我可能要再仔細地問一次，更簡單地提出我的問題。

我接著說：「請問你現在想做什麼？可以跟我分享嗎？」

他拍拍我的手臂，頭也不回地離開了。

點頭搖頭

經過某班教室，一個孩子獨自留在教室裡。我敲敲門，走了進去。孩子抬頭看著我，和其他孩子不同，少了「校長好」一聲問候，我不以為意，看著她認真地畫畫，看起來是畫書籤的樣子。

「你在畫書籤嗎？」我問。

她點點頭，不停地轉換彩色筆，為書籤上顏色。

教室裡有點悶，我本想為她開電扇，後來想想，怕影響她畫畫的心情便作罷。

我仔細看著她的書籤，接著說：「妳寫大吉大利四個字，有什麼涵義嗎？」

她搖搖頭，依舊沉默不語。

我想她應該是害羞，或者是跟我不熟，才會如此冷漠。看著她專心作畫的模樣，應該是一個喜歡畫畫的孩子。

「畫書籤是美勞老師交代的作業嗎？還是你自己喜歡畫的呢？」我試著找話題和她聊。

她還是搖搖頭。這時候，我覺得打擾她了。想離開，又想了解她的內心世界。我安靜地站在她面前許久，欣賞她的書籤作品。

我問她：「有機會的話，可以把你畫的書籤送給我嗎？」

她抬頭看著我，嘴角露出一絲笑意，並且點點頭。

不喜歡上課

遠遠的便看見一個籃球隊的孩子，站在學務處走廊。我可以想像他又發生一些事了。我告訴主任，我帶孩子回校長室。

我請他坐在沙發上，問他：「你怎麼了？」

他習慣性搓揉雙手，接著說：「校長，我沒怎樣喔！我只是不喜歡上課而已，老師要生氣，我也沒辦法。」

我回他說：「就是啊！老師想要教你學會更多知識，你愛上不上的，老師當然生氣。換成是我，我也會生氣啊！我知道你喜歡打籃球，而且打得不錯，教練應該也有要求你，上課要認真聽，作業要完成，不要和同學發生任何糾紛。前一陣子，你都有做到，校長和教練都覺得很驕傲，你又被老師叫到學務處罰站，我有點難過。」

他說：「校長，我知道我功課不好，我也很想學好啊！可是，老師上數學課，我聽不太懂。但是，我沒有吵到別人，只是發呆看著窗外，想著早上練球的缺點而已。老師就生氣的要我下來罰站，我也覺得很委屈。」

我看著他許久，兩人靜默一會兒。

我開口說：「你不懂的數學，我拜託課後班的老師再教你，必要的時候，我也可以教你喔。我們一起努力跟上其他人的進度。」

他沒說什麼。我請他回教室，繼續上課。

抓狂

一個小女生在校長室窗外大喊：「校長！校長！你快來！我們班志雄又抓狂了啦。」

我趕忙起身，顧不得印泥還沒收好，印章隨手丟在辦公桌上。志雄的班級離校長室很近，志雄這孩子，生氣的點相當低，老師或同學稍不注意，便會燃起他的怒氣。

我走進教室，老師氣得雙手插腰。我向老師使了眼色，請老師暫時離開教室到走廊喘口氣。靠近志雄的座位，周圍滿是被丟棄的課本、習作、鉛筆和原子筆。只見他趴在桌上，弓曲的身體隨著啜泣的節奏起伏。我好聲好氣地問他：「志雄，怎麼了？」

他趴在桌上，一點都不想理我，可以很清楚聽到他的啜泣聲。我也在等他回應，告訴我生氣的原因是什麼？等了幾分鐘，他依舊不理我。

我問旁邊的孩子，孩子說：「老師要檢查他的功課，他就說放在家裡，然後就很生氣，把課本和習作亂丟了，他一直都這樣，每次都惹老師生氣。我們都很怕他抓狂的樣子，不知道怎麼做，才能讓他不生氣。」

我輕搭志雄的肩膀，卻被他狠狠地甩開。我告訴他：「志雄，我知道你現在很生氣，我下一節下課再來找你聊。再見囉。」

幸福小屋牆

學校圍牆完工驗收，我在兒童朝會向所有的師生說明新建圍牆設計理念，希望成為學校特色建築之一。以下是我說明的文稿：

二〇一七年《幸福路上》動畫電影準備上映，引起全臺矚目——那是一部以新莊幸福路為背景的動畫電影。恰巧學校鄰近幸福路，且正值圍牆改建設計階段，設計發想便以讓學校成為學生第二個家為願景，因此，新作圍牆便以「家」為設計中心概念，以「房屋」造型作為圍牆的語彙。學校新作小屋造型圍牆，蘊含「家」、「愛」和「幸福」的意象。學校是孩子第二個家，如同家庭的溫暖和甜蜜，擁有家人般的感情和包容。老師更是孩子在學校的父母，充滿愛的校園，一定幸福滿溢。

新作圍牆以不同的房屋造型呈現：有屋頂，也有窗戶，還有不同的建築材質；分別是混凝土、鐵木、清水模、磚塊、鋁。可以讓學生認識、觸摸不同的建築材料。在校內外小屋牆的下方，裝設座椅，可供學生及來往行人坐下來。特別在街角的小屋牆，常見往來的旅人坐在椅子上，小屋牆的座椅，提醒他們放慢點腳步，停歇一會兒。特別是資深國民，喜歡在屋簷下的座椅稍作休息。

幸福小屋牆完工後，也會在牆邊畫設人行道，這樣，我們學校環校步道終於完成，可以讓大家上放學更安全。

新設人行道

舊圍牆拆除後，打造屬於學校的幸福小屋牆。舊圍牆邊，有一段是私有地的既成巷道，巷道旁是社區公園，就因為是私有地，圍牆邊停滿汽車，佔據巷道一半的寬度。公園內，民眾聚集下棋自成一個又一個小團體，內急的民眾便鑽進汽車與圍牆間小便，每每經過這區域，我都得摀著口鼻快速通過。有時候，不小心會瞥見乍現的「春光」。這樣的景象，據說已超過三十年。

圍牆邊的另一段公有地，是社區大樓住戶要求交通局畫設滿滿的機車格。所以，學生上放學走這一段路，必須與汽機車爭道。

我想在圍牆邊畫設人行道，必須先徵求私有地的地主簽無償提供土地使用同意書，以及解決塗銷公有地機車格兩大難題。

私有地遇到的困難較高，因為私有地產權分屬兩家建設公司和一個私人地主。我必須拜託議員和公家機關出面協調，經過約三個月的努力，除了私人地主不同意外，其他兩家建設公司慨然同意。接下來處理公有地機車格塗銷，因為里長有民意壓力，只同意必須另找其他地方畫設機車格取代塗銷的機車格，這又是一段時間的折騰。終究，還是完成人行道畫設了，環校步道儼然成形。

我利用兒童朝會向全校師生說明人行道畫設經過，也鄭重宣布：下週兒童朝會時間，空拍校園，從空中鳥瞰美麗的校園。

空拍校園

兒童朝會，全校在操場集合，全新完工的蔚藍跑道及藍綠相間的球場，在陽光下，更顯得亮麗耀眼。

當攝影師在化雨臺組裝空拍機時，引起一陣騷動。那是我第一次近距離看空拍機，相信好多孩子跟我一樣興奮。當空拍機緩緩升空試飛，孩子掌聲笑聲不斷，偶有尖叫聲。總導護老師開始指揮各班前進，我走在隊伍前面，空拍機就在我前方上空，我們向空拍機揮揮手，看著空拍機越飛越高。

走出校門左轉，沿著人行步道漫步前進，走到底左轉新設人行道，邊走邊欣賞幸福小屋牆的造型，一路沿著人行道，經過三次左轉，再回到校門口，走進操場集合，最後，攝影師宣布拍攝完成。各班陸續回到教室上課，午餐前，空拍校園的影片就可以掛校網首頁，讓孩子邊吃午餐邊觀賞。

中午，我在校長室觀看空拍影片，內心無限感動。

掃地時間，我巡視掃區，剛下樓，掃穿堂的孩子全圍了過來。

「校長，我們學校好漂亮。」

「校長，我有看到你喔，還有看到活動中心橢圓形的屋頂。」

「校長，真的太酷了，操場也好漂亮。」

「對啊對啊！我們走在人行道上，把學校包圍起來了喔。」

元宵夜提燈籠

元旦後的兒童朝會，我向全校師生宣布將在元宵夜舉辦提燈籠逛校園的親子活動。請孩子利用寒假時間，可以和家人一起動手做燈籠，讓孩子和家長有機會看看夜晚的校園景象。

元宵夜當晚，孩子和家長提燈籠進校園，我自己也利用奶粉罐當材料，在鐵皮上以鐵釘打洞，打出「打拼」、「努力」字樣的孔洞，點燃蠟燭後，燭光會把字樣映照得更明顯。

「校長，我跟你一樣用奶粉罐做燈籠，不過，你的奶粉罐比我大多了，可惜，我沒有像你這樣打出不同的字。」孩子提著燈籠說。

我走近人群，一一欣賞每個孩子手做的燈籠。

「哇！你用白蘿蔔做燈籠啊！我小時候也做過，誰幫你挖出果肉的？真是有趣！」

「喔……你用紙盒做燈籠啊，看起來你是用刀片切割出孔洞。」

「蛤！你用寶特瓶喔。上面還加上鐵絲吊掛，真是厲害。」

各式各樣的材料做成的燈籠，可見家長和孩子的用心。

趁著夜色降臨，我們在穿堂集合，先逛籃球場，再沿著幸福小屋牆邊前進，接著，爬上木棧道高臺，隊伍綿延，我走在前面，不時停下腳步等候。繞進一樓走廊，穿過中庭森林，沿途的夜景，和白天看到的截然不同，沿路驚呼聲、歡笑聲此起彼落……

寫信給二十年後的自己

「寫信給二十年後的自己」是畢業系列活動之一，希望讓每個畢業生

想像二十年後的自己可能會變成什麼模樣？然後，把每封信裝在壓克力箱，請大家在箱面簽名，等二十年後，再邀請畢業生返校開啟，回味一下二十年前，自己對未來的期許。

畢業典禮前一天上午，我們在啟用不久的活動中心集合，準備把信件投進壓克力箱內。孩子們圍成一個大圓圈，我抱著壓克力箱，一封一封收，也一個一個問孩子寫了什麼？

「校長，我可以不要說嗎？這是我二十年後的祕密。」

第一個孩子就拒絕我的提問，我點點頭表示尊重他的決定。

「校長，我希望二十年後，你可以回來和我們一起開封。」

這孩子的回答，相當出人意外，頓時，一陣鼻酸。

「二十年後，我已經結婚而且有二個小孩，希望是一男一

女，我要當一個好爸爸。」

「我寫的是成為董事長，捐很多錢給學校。」

「我要成為世界名模。」

「我要當網紅。」

「我要跟你一樣當校長。」

「我希望可以成為麵包師傅，得到世界冠軍。」……

親子教育03　PE0200

校長跟你說

作者／何元亨
責任編輯／陳彥儒
圖文排版／楊家齊
封面設計／吳咏潔
出版策劃／秀威少年
製作發行／秀威資訊科技股份有限公司
114 台北市內湖區瑞光路76巷65號1樓
電話：+886-2-2796-3638
傳真：+886-2-2796-1377
服務信箱：service@showwe.com.tw
http://www.showwe.com.tw

郵政劃撥／19563868
戶名：秀威資訊科技股份有限公司
展售門市／國家書店【松江門市】
104 台北市中山區松江路209號1樓
電話：+886-2-2518-0207
傳真：+886-2-2518-0778

網路訂購／秀威網路書店：https://store.showwe.tw
國家網路書店：https://www.govbooks.com.tw
法律顧問／毛國樑　律師

總經銷／聯寶國際文化事業有限公司
221新北市汐止區康寧街169巷27號8樓
電話：+886-2-2695-4083
傳真：+886-2-2695-4087

出版日期／2023年5月　BOD一版　**定價**／240元
ISBN／978-626-97190-1-3

讀者回函卡

秀威少年
SHOWWE YOUNG

國家圖書館出版品預行編目

校長跟你說/何元亨著. -- 一版. -- 臺北市 :
秀威少年, 2023.05
面 ;　公分. -- (親子教育 ; 3)
BOD版
ISBN 978-626-97190-1-3(平裝)

863.55　　　　　　　　　112003779